1461

(1)

LETTRE

DE

MONSEIGr. L'EVEQUE D'A****

*à MONSIEUR DE V*******

AVEC LES REPONSES *du* 11. *Avril* 1768.

MONSIEUR,

ON dit que vous avez fait vos Pâques, bien des Personnes n'en font rien moins qu'édifiées, parce qu'elles s'imaginent que c'est une nouvelle scène que vous avez voulu donner au Public, en vous joüant encore de ce que la Réligion a de plus sacré. Pour moi, Monsieur, qui pense plus charitablement, je ne saurois me persuader que Monsieur De V***, ce grand homme de notre siécle, qui s'est toujours annoncé, comme élevé par les efforts d'une raison épurée, & par les principes d'une Philosophie sublime, au dessus des respects humains, des préjugés & des foiblesses de l'humanité, eut été capable de trahir & de dissimuler ses sentimens par un acte d'hypocrisie, qui suffiroit seul pour ternir toute sa gloire, & pour l'avilir aux yeux de toutes les Personnes qui pensent. J'ai dû croire que la sincérité avoit toujours fait le caractère de vos démarches. Vous vous êtes confessez, vous avez même communié,

§

vous l'avez donc fait de bonne foi, vous l'a-
vez fait en vrai Chrétien, vous l'avez fait, persuadé de ce que la foi nous dicte par rapport au
Sacrement que vous avez reçu. Les incrédules
ne pourront donc plus se glorifier de vous voir
marcher à leur tête, portant l'étendart de l'in-
crédulité ; le Public ne sera plus autorisé à vous
regarder comme le plus grand ennemi de la Réligion Chrétienne, de l'Eglise Catholique, &
de ses Ministres ; s'il ne peut malgré les pro-
testations contraires inserées de votre part en
certaines gazettes se persuader que vous ne soy-
ez pas l'auteur d'une foule d'écrits, de brochu-
res, & d'ouvrages remplis d'impieté, qui ont
déja occasionné tant de désordres dans la socie-
té, tant de déréglemens dans les mœurs, tant
de prophanations dans le Sanctuaire, il croira
qu'au moins que revenu à vous-même, vous
avez enfin résolu de ne plus mettre au jour de
semblables productions, & que par un acte aussi
éclatant que celui que vous avez fait dans l'E-
glise de votre Paroisse le jour de Pâques, vous
avez voulu rendre un hommage public à la Réligion qui vous a vû naître dans son sein, & à
qui des talens aussi distingués que les vôtres auroient été infiniment utiles, si vous les lui
aviez consacrés: il espérera encore qu'en soute-
nant ce premier acte par des sentimens & par
une conduite, uniforme & qu'en perfectionnant
l'ouvrage d'une conversion ébauchée, vous ne
laisserez plus aux gens de bien, amateurs de la
Réligion, que le juste sujet de rendre graces à
Dieu, & de le bénir d'un retour qui mettra le
comble à leur joie & à leur consolation.

Si le jour de votre Communion, on vous avoit vû, non pas vous ingérer à prêcher le peuple dans l'Eglise sur le vol & les larcins, ce qui a fort scandalisé tous les assistans, mais lui annoncer comme un autre Théodose par vos soupirs, vos gémissemens & vos larmes, la pureté de votre foi, la sincérité de votre repentir, & le désaveu de tous les sujets de mésédification qu'il a cru entrevoir par le passé, dans votre façon de penser & d'agir; alors personne n'auroit plus été dans le cas de regarder comme équivoques vos démonstrations apparentes de Réligion; on vous auroit cru mieux disposé à approcher de cette Table Sainte, où la foi ne permet aux ames, même les plus pures de se présenter qu'avec une religieuse frayeur, on auroit été plus édifié de vous y voir, & peut-être auriez-vous tiré plus d'avantages de vous y être présenté.

Mais quoi qu'il en soit du passé, que je dois laisser au jugement du Souverain Scrutateur des cœurs & des consciences, ce feront les fruits qui feront juger de la qualité de l'arbre; & j'espére que, par ce que vous ferez à l'avenir, vous ne laisserez aucun lieu de douter de la droiture & de la sincérité de ce que vous avez déja fait. Je me le persuade d'autant plus facilement que je le souhaite avec plus d'ardeur, n'ayant rien de plus à cœur que votre Salut & ne pouvant oublier qu'en qualité de votre Pasteur, je dois rendre compte à Dieu de votre ame, comme de toutes celles du troupeau qui m'a été confié par la Divine Providence.

Je ne vous dirai pas, Monſieur, combien j'ai
déja gémis ſur votre état, ni combien j'ai déja offert de priéres & de ſupplications au Dieu
des miſéricordes, pour qu'il daignât enfin vous
éclairer de ſes lumiéres celeſtes, qui font ai-
mer & ſuivre la vérité en même tems qu'elles
la font connoître. Je me bornerai ſimplement
à vous faire remarquer que le tems preſſe, &
qu'il vous importe de ne plus perdre aucun de
ces momens précieux que vous pouvez encore
employer utilement pour l'éternité: un corps
extenué & déja abbattu ſous le poids des années vous avertit que vous approchez du ter-
me où ſont allé aboutir tous ces hommes fa-
meux qui vous ont précédé, & dont à peine
reſte-t-il aujourd'hui la mémoire; en ſe laiſ-
ſant éblouïr par le faux éclat d'une gloire auſſi frivole que fugitive, la plûpart d'entre eux
ont perdu de vuë les biens & la gloire immor-
telle plus digne de remplir leurs déſirs & leurs
empreſſemens. Faſſe le Ciel que plus ſage &
plus prudent qu'eux, vous ne vous occupiez
plus à l'avenir qu'à la recherche de ce bonheur
Souverain qui peut ſeul remplir le vuide d'un
cœur qui ne trouve rien ici bas qui puiſſe le contenter. C'eſt ce que je ne ceſſerai de demander
au Seigneur par mes vœux les plus ardens, &
je le dois au vif intérêt que je prend à tout ce
qui vous regarde, au zèle dont je ſuis animé
pour votre Salut, & aux ſentimens reſpectueux
avec leſquels j'ai l'honneur d'être.

REPONSE

DE

Monfieur D E V*******

Du 15. Avril 1768.

MONSEIGNEUR,

J'Aurois dû répondre fur le champ à la lettre dont vous m'avez honoré, fi mes ma-
ladies me l'avaient permis.

Cette lettre me caufe beaucoup de fatisfac-
tion, mais elle m'a un peu étonné. Comment
pouvez-vous me favoir gré de remplir des devoirs dont tout Seigneur doit donner l'exem-
ple dans fes terres, dont aucun Chrétien ne
doit fe difpenfer, & que j'ai fi fouvent rempli ?
Ce n'eft pas affez d'arracher fes Vaffaux aux
horreurs de la pauvreté, d'encourager leur
mariage, de contribuer autant qu'on le peut
à leur bonheur temporel ; il faut encore les
édifier, & il feroit bien extraordinaire qu'un
Seigneur de Paroiffe ne fit pas dans l'Eglife qu'il
a bâtie ce que font tous les prétendus Refor-
més dans leur Temple à leur maniére.

Je ne mérite pas affurément les Complimens
que vous voulez bien me faire, de même que
je n'ai jamais mérité les calomnies des infectes
de la Littérature qui font méprifés de toutes

§ iij

les honnêtes gens , & qui doivent être igno-
rés d'un homme de votre caractère. Je dois
méprifer les impoftures fans pourtant haïr les
impofteurs. Plus on avance en âge, plus il
faut écarter de fon cœur tout ce qui pourrait
l'aigrir , & le meilleur parti qu'on puiffe prendre contre la calomnie c'eft de l'oublier. Chaque homme doit des facrifices , chaque homme fait que tous les petits incidens qui peuvent troubler cette vie paffagère fe perdent dans
l'éternité, & que fa réfignation à Dieu, l'a-
mour de fon prochain, la juftice, la bienfaifance font la feule chofe qui nous refte devant
le Créateur des tems & de tous les Etres. Sans
cette vertu que Ciceron appelle *Charitas gene-
ris humani*, l'homme n'eft que l'ennemi de
l'homme , il n'eft que l'efclave de l'amour pro-
pre, des vaines grandeurs , des diftinctions
frivoles, de l'orgueil ; de l'avarice, & de toutes les paffions ; mais s'il fait le bien pour l'a-
mour du bien même , fi ce devoir épuré &
confacré par le Chriftianifme domine dans fon
cœur, il peut efpérer que Dieu, devant qui
tous les hommes font égaux , ne rejettera pas
des fentimens dont il eft la fource éternelle.
Je m'anéantis avec vous devant lui , & n'ou-
bliant pas les formules introduites chez les
hommes , j'ai l'honneur d'être avec refpect.

P. S. Vous êtes trop inftruit pour ignorer
qu'en France un Seigneur de Paroiffe doit en
rendant le pain béni inftruire fes Vaffaux d'un
vol commis dans ce tems là, même avec effrac-
tion, & y pourvoir incontinent ; de même qu'il

doit avertir fi le feu prend à quelques maifons du Village & faire venir de l'eau: Ce font des affaires de police qui font de fon reffort.

SECONDE LETTRE

DE

MONSEIGr. L'EVEQUE D'A****

à *Monfieur* DE V*******

Du 25. Avril 1768.

MONSIEUR,

JE n'ai differé à repliquer à votre lettre du 15. de ce mois, que parce que je n'ai eû dèslors aucun moment de loifir, ayant été continuellement occupé de ce que nous appellons la retraite & le Synode.

Je n'ai pu qu'être furpris qu'en affectant de ne pas entendre ce qui étoit fort intelligible dans ma lettre, vous ayez fuppofé que je vous favois bon gré d'une Communion de politique dont les Proteftans même n'ont pas été moins fcandalifés que les Catholiques. J'en ai gémis plus que tout autre, & fi vous étiez moins éclairé & moins inftruit, je croirois devoir vous apprendre en qualité d'Evêque & de Pafteur, qu'en fuppofant le fcandale donné au Public, foit par les écrits qu'il vous attribue, foit

§ iiij

par la ceſſation de preſque tout acte de Réligion depuis pluſieurs années, une Communion faite ſuivant les vrais principes de la Mo-
rale Chrétienne exigeoit préalablement de votre
part, des réparations éclatantes, & capables
d'effacer les impreſſions priſes ſur votre compte, &, que juſques là aucun Miniſtre inſtruit
de ſon devoir n'a pu & ne pourra vous ab-
ſoudre, ni vous permèttre de vous préſenter
à la Table ſainte.

Sans être auſſi inſtruit que vous le ſuppo-
ſez gratuitement, je le ſuis cependant aſſez
pour ne pas ignorer que la conduite d'un Seigneur de Paroiſſe qui ſe fait accompagner par des
gardes armées juſques dans l'Egliſe, & qui
s'y ingère à donner des avis au Public pen-
dant la célébration de la Ste. Meſſe, bien
loin d'être autoriſé par les uſages, & les ſa-
ges Ordonnances des Rois Très Chrétiens, ils
l'ont toujours regardée comme étant du Miniſtère des Paſteurs, & non de l'exercice de
la police extérieure que vous voulez attribuer
aux Seigneurs.

Vous m'annoncez que vous vous anéantiſ-
ſez avec moi, devant Dieu le Créateur des
tems & des Etres; je ſouhaite que nous le
faſſions vous & moi avec aſſez de foi, de con-
fiance, d'humilité & de repentir de nos fautes
pour mériter qu'il jette ſur nous les regards
propices de ſa miſéricorde, & j'en viens encore à vous inviter, à vous prier, à vous con-
jurer de ne pas perdre de vuë cette Eternité
à laquelle vous touchez de ſi près, & dans laquelle iront bientôt ſe perdre non ſeulement

les petits incidens de la vie, mais encore le faſte des grandeurs, l'opulence des richeſſes, l'orgueil des beaux eſprits, les vains raiſonnemens de la prétendue ſageſſe humaine, & tout ce qui appartient à la figure trompeuſe de ce monde. Si mes avis ne ſont pas tout à fait de votre goût, je me flatte que vous n'en ſerez pas moins convaincu qu'ils ne ſont dictés que par l'amour de mon devoir, & par l'empreſſement que j'ai de concourir à votre véritable & ſolide bonheur. Bien des perſonnes en ſe dirigeant par des vûes humaines vous tiendront un langage bien différent; mais par une ſuite du principe invariable que je me ſuis fait de n'agir qu'en vûe de Dieu, & dans l'ordre de ſa volonté, comme je ne cherche point les adulations, je ne crains pas non plus les Satyres, & je ſuis diſpoſé à eſſuyer tous les traits de la malignité des hommes, plutôt que de manquer à ce que je croirai être, ſuivant Dieu, du devoir de mon Miniſtère. Au reſte, quoique je me ſerve de la formule ordinaire introduite chez les hommes, ce n'eſt pas avec moins de ſincérité que je ſerai toute ma vie avec le déſir le plus ardent de votre Salut & avec reſpect.

REPONSE

DE

Monfieur DE V*******

Du 29. Avril 1768.

MONSEIGNEUR,

VOtre feconde lettre m'étonne encore plus que la premiere. Je ne fais quels faux rapports ont pu m'attirer tant d'aigreur de votre part. On foupçonne beaucoup un nommé Ancian, Curé du Village de Moëns qui eut un procès criminel au Parlement de Dijon en 1762, procès dans lequel je lui rendis fervice, en portant les parties qui le pourfuivoient à fe contenter d'un dédommagement de quinze cent livres & du payement des fraix. On prétend que l'Official de Gex fe plaint de ce que les Citoyens, contre lefquels il plaide pour les dixmes fe font adreffés à moi, il eft vrai, qu'ils m'ont demandé mes bons offices; mais je ne me fuis point mêlé de cette affaire, attendu que l'Eglife étant mineure, il eft malheureufement difficile d'accommoder un tel procès à l'amiable. J'ai tranfigé avec mon Curé dans un cas à peu près femblable; mais c'eft en lui donnant beaucoup plus qu'il ne demandoit, ainfi je ne puis le foupçonner de m'avoir calomnié auprès de vous. Pour les autres procès entre mes voifins je les ai tous affoupis , & je ne vois donc pas que j'aye donné lieu à perfonne dans le Pays de Gex de vous écrire contre moi. Je fais que tout G.. accufe l'A..... du Roi , dont j'ignore le nom , d'écrire de tous côtés , de femer par tout la calomnie ; mais à Dieu ne plaife que je lui impute de faire un metier fi infâme fans en avoir les preuves les plus convaincantes. Il vaut mieux mille fois fe taire & fouffrir , que de troubler la paix par des plaintes hazardées , mais en établiffant cette paix précieufe dans mon voifinage , j'ai cru depuis longtems devoir me la procurer à moi-même.

Meffieurs les Sindics des Etats du Pays , les Curés de mes terres , un Juge Civil, un Supérieur d'une Maifon réligieufe , étant un jour chez moi, & étant indignés des calomnies qu'on croyoit alors repandües par le Curé Ancian , pour prix de l'avoir tiré des mains de la Juftice, me fignérent un certificat qui détruifoit ces impoftures. J'ai l'honneur, Monfeigneur , de vous envoyer cette piéce authentique,conforme à l'original ; j'en envoye une autre Copie à Monfieur le premier Préfident du Parlement de Bourgogne & à Monfieur le Procureur Général , afin de prévenir l'effet des manœuvres qui auroient pû furprendre votre candeur & votre équité. Vous verrez combien il eft faux que les devoirs dont il eft queftion n'ayent été remplis que cette année, vous ferez indigné fans doute qu'on ait ofé vous en im-

poser fi groffiérement. Je pardonne de tout
mon cœur à ceux qui ont ofé ourdir cette
trame odieufe, je me borne à les empêcher
de nuire fans vouloir leur nuire jamais, &
je vous réponds bien que la paix qui eft mon
perpétuel objet ne fera point alterée dans mes
terres.

Les bagatelles littéraires n'ont aucun rapport avec les devoirs du Citoyen & du Chrétien, les Belles - Lettres ne font qu'un amu-
fement, la bienfaifance, la pieté folide, &
non fuperftitieufe, l'amour du prochain, la
réfignation à Dieu, doivent être les princi-
pales occupations de tout homme qui penfe
férieufement; je tâche autant que je puis de
remplir toutes ces obligations dans ma retraite, que je rends tous les jours plus profonde;
mais ma foibleffe répondant mal à mes efforts, je m'anéantis encore une fois avec
vous devant la Providence Divine, fachant
qu'on n'apporte devant Dieu que trois cho-
fes qui ne peuvent entrer dans fon immenfi-
té, notre néant, nos fautes & notre repentir; je
me recommande à vos priéres, autant qu'à
votre équité. J'ai l'honneur d'être avec refpect.

TROISIEME LETTRE

DE

MONSEIGr. L'EVEQUE D'A****

à Monfieur DE V*******

Du 2. May 1768.

MONSIEUR,

VOus attribuez donc à l'aigreur ce qui au vrai n'eft de ma part que l'effet du zèle dont je dois être animé pour tout ce qui intéreffe le Salut des ames, & l'honneur de la Réligion dans mon Diocèfe. Cette confidération m'auroit interdite toute ulterieure replique, fi je n'avois cru devoir encore celle - ci à la juftification des perfonnes que vous taxés de vous avoir calomnié auprès de moi; Monfieur Ancian, Mr. le Doyen de Gex, Mr. l'A....de la R.... ne m'ont pas plus parlé de vous que tous les autres, & lorfque l'occafion s'en eft préfentée, ils m'en ont dit bien moins que ce que j'en avois déja appris par la voix du Public. Ce n'eft donc point à leur rapport que vous devez attribuer le fondement des juftes repréfentations que j'ai été dans le cas de vous faire en qualité d'Evêque & de Pafteur.

Vous connoissez les ouvrages qu'on vous attribue, vous savez ce que l'on pense de vous dans toutes les parties de l'Europe; vous n'ignorez pas que presque tous les incrédules de notre siécle se glorifient de vous avoir pour leur chef, & d'avoir puisé dans vos écrits les principes de leur irréligion. C'est donc au monde entier, & à vous-même, & non pas à quelques particuliers que vous devez vous en prendre de ce que l'on vous impute. Si ce sont des calomnies, ainsi que vous le prétendez, il faut vous en justifier & détromper ce même Public qui en est imbu? Il n'est pas difficile à qui est véritablement Chrétien d'esprit & de cœur, de faire connoître qu'il l'est. Il ne se croit pas permis d'en démentir la qualité dans les amusemens que vous appellez bagatelles littéraires, il montre sa foi par ses œuvres, il produit ses sentimiens, soit dans ses écrits, soit dans sa conduite d'une façon qui rend à la Réligion l'hommage qui lui est dû. Il ne se flatte pas d'en avoir rempli les devoirs pour en avoir fait quelques exercices une fois ou deux chaque année dans l'Eglise de sa Paroisse, ni même pour avoir fait dans une longue suite d'années une ou deux Communions dont le Public a été plus scandalisé qu'édifié. Je vous laisse après cela, Monsieur, à juger ce que vous auriez à faire. Des occupations pressantes ne me permettent pas d'en dire d'avantage, & probablement; je n'aurai rien à vous dire de plus, jusqu'à ce qu'un retour de votre part, tel que je le souhaite, me mette à même de vous convaincre de la

droiture de mes inftructions , & de la fincé-
rité du défir de votre falut, qui fera toujours
inféparable du refpect avec lequel j'ai l'honneur d'être.

LETTRE

DE

Monfieur le C. DE St. F********

A

MONSEIGr. L'EVEQUE D'A****

Du 13. Juin 1768.

J'Ai, Monfieur , remis fous les yeux du Roi
la lettre que vous m'avez adreffée pour
Sa Majefté , & la copie de celles que vous
avez écrites à Mr. de V*** , & des
réponfes qu'il vous a faites. Sa Majefté n'a
pu qu'applaudir aux fages Confeils que vous
avez donné à Monfieur de V *** , & aux
folides exhortations que vous lui avez faites. Sa Majefté lui fera mander de ne plus faire dans l'Eglife d'éclat auffi déplacé que celui dont vous lui avez avec raifon fait re-
proche. Ce n'eft point à un Seigneur particulier de Paroiffe à donner des inftructions

publiques aux habitans , il peut les exciter
en particulier , & cela seroit même très loua-
ble , à se conduire d'une manière conforme aux
principes de la Réligion & de la Justice. Je
suis persuadé que Monsieur de V *** aura
fait des réflexions sur vos sages avis. On
ne peut être plus parfaitement que je le suis.

FIN.

er
a-
ix
Je
ta
)n
is.

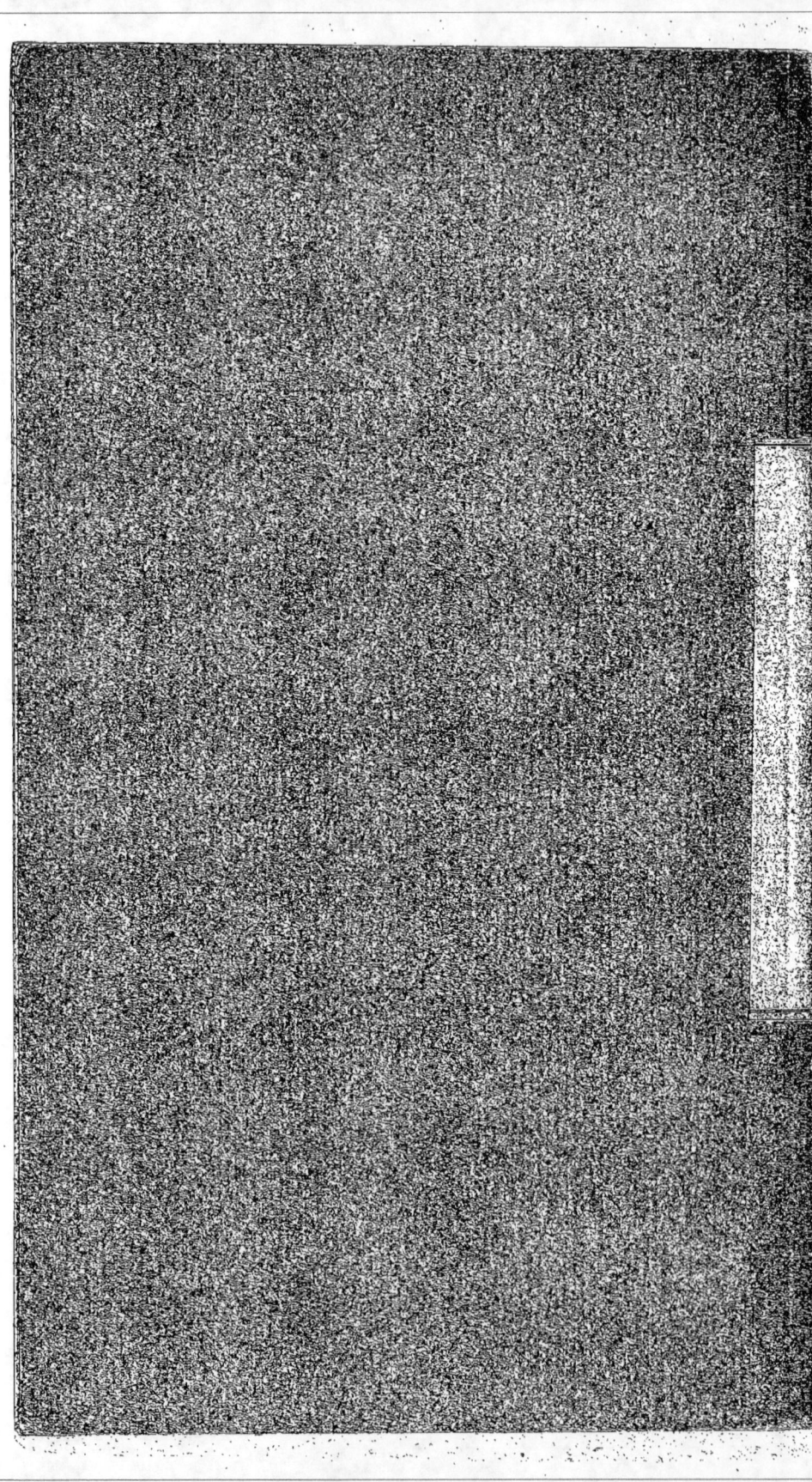

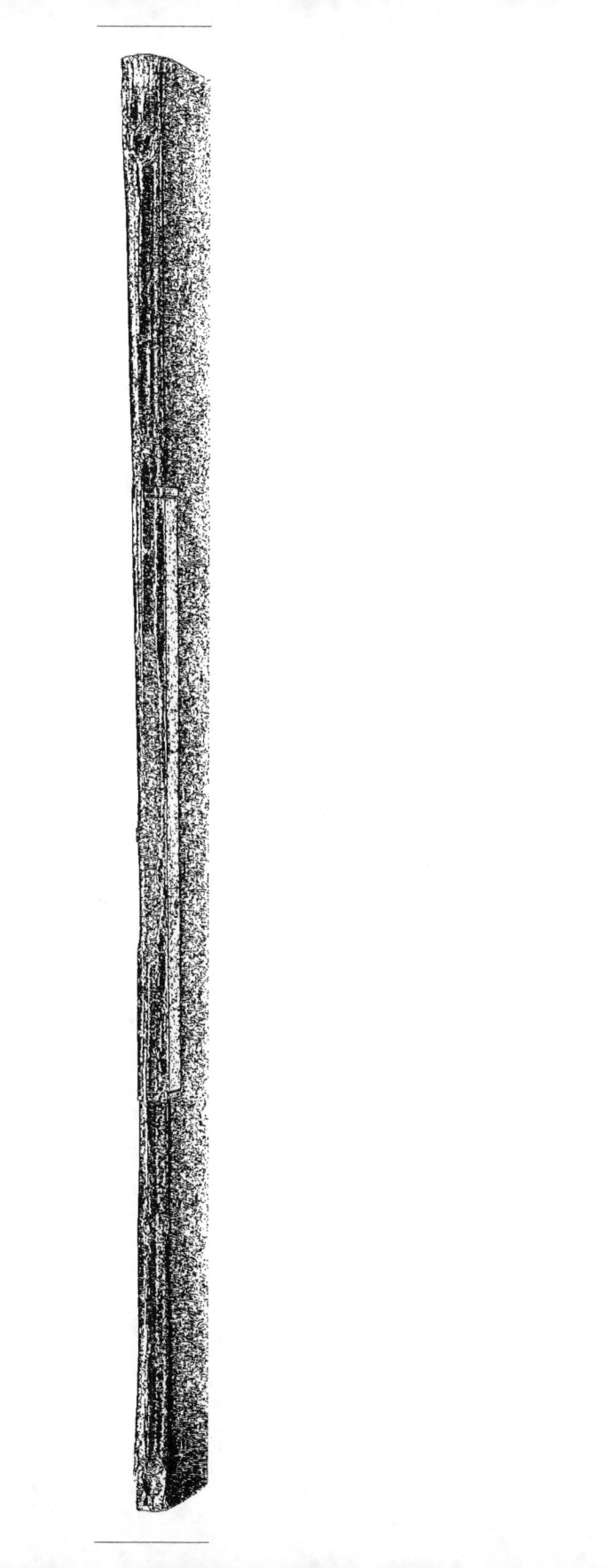